和孩子一起成长·国际安徒生奖绘本系列

金星度假

〔瑞士〕热尔马诺·祖洛 / 著

〔瑞士〕阿尔贝蒂娜 / 绘

杜青钢　程静 / 译

海天出版社
HAITIAN PUBLISHING HOUSE

·深圳·

版权登记号　图字：19-2020-149号

Vacances sur Vénus ©2005 Editions La Joie de lire S.A, Switzerland,
Originally published under the title: *Vacances sur Vénus* by La Joie de
lire S.A., 5 chemin Neuf, CH - 1207 Genève - www.lajoiedelire.ch
Current Chinese translation rights arranged through Agency Beijing
Star Media Co.Ltd.

图书在版编目(CIP)数据

金星度假 / (瑞士) 热尔马诺·祖洛著 ; (瑞士) 阿
尔贝蒂娜绘 ; 杜青钢, 程静译. — 深圳 : 海天出版社,
2021.10
（和孩子一起成长·国际安徒生奖绘本系列）
ISBN 978-7-5507-3178-3

Ⅰ.①金… Ⅱ.①热… ②阿… ③杜… ④程… Ⅲ.
①儿童故事－图画故事－瑞士－现代 Ⅳ.①I522.85

中国版本图书馆CIP数据核字(2021)第094018号

金星度假
JINXING DUJIA

出 品 人　聂雄前
责任编辑　吴一帆
责任技编　陈洁霞
责任校对　叶　果
封面设计　心呈文化

出版发行　海天出版社
地　　址　深圳市彩田南路海天综合大厦（518033）
网　　址　www.htph.com.cn
订购电话　0755-83460239（邮购、团购）
设计制作　深圳市心呈文化设计有限公司
印　　刷　深圳市华信图文印务有限公司
开　　本　787mm×1092mm　1/16
印　　张　2.625
字　　数　25千字
版　　次　2021年10月第1版
印　　次　2021年10月第1次
定　　价　39.80元

著者　热尔马诺·祖洛

瑞士知名作家、诗人。他与插画家妻子阿
尔贝蒂娜创作了一系列绘本，是著名的童
书创作组合。

绘者　阿尔贝蒂娜

瑞士知名插画家、艺术家，2020年国际安
徒生奖插画家奖获得者。其作品具有强烈
的艺术感和想象力，曾荣获博洛尼亚最佳
童书奖、法国女巫奖、美国《纽约时报》
年度最佳童书等多项国际大奖。

译者

杜青钢　武汉大学教授，博士生导师，巴黎
第八大学法国文学博士，龚古尔文学奖中
国评选委员会主席，曾获法国政府颁发的
教育骑士勋章和军官勋章。已出版法文小
说《主席辞世》《字行天下》，中文小说
《一凡教授》等。

程静　武汉大学外语学院法语系副教授，法
国语言文学博士。曾任巴黎狄德罗大学孔
子学院中方院长。

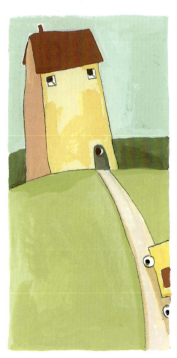

哦，玛丽露，让阳光把我重新照耀，我要把米雷伊忘掉……♫

哦，哦，哦，♫玛丽露，让阳光把我重新照耀……♫

堵车了，都怪你，乔治，你该早点起来的。

乔治，你生气的样子真难看！

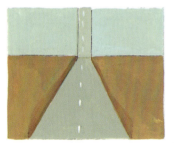

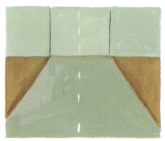

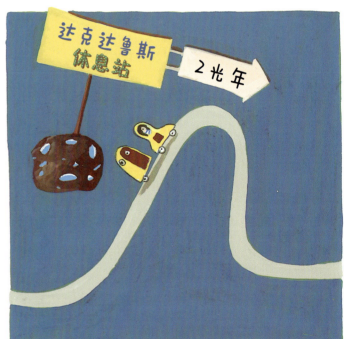

很久之后……

这儿太美了，但看着不像是莱拉旺杜。

高速路的匝道真是令人晕头转向！

嗡嗡……

我们已经精疲力竭了，是吧，乔治？今晚咱们就在这儿过夜。

嘟嘟……

吱吱……

我建议你们也在这儿休息。明天大家会清醒些。

吱吱……

咕咕……

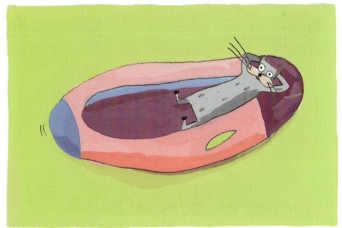

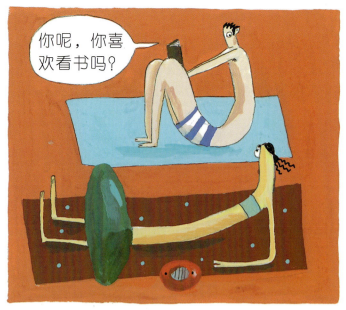

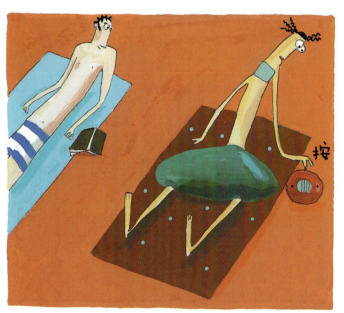

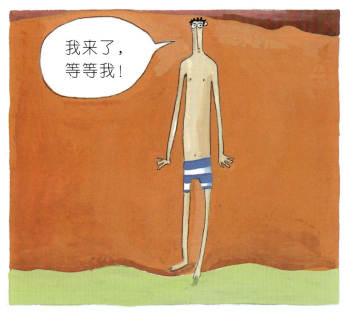

我来了，等等我！

还是别游得太远啦！

哎呀呀，好冷啊。

乔治，你在干什么？

我要饿死了!

嗯，看起来很好吃。

切开

用餐愉快!

!!!

啊呜!

你要是没吃饱，我还有些意大利香肠三明治……

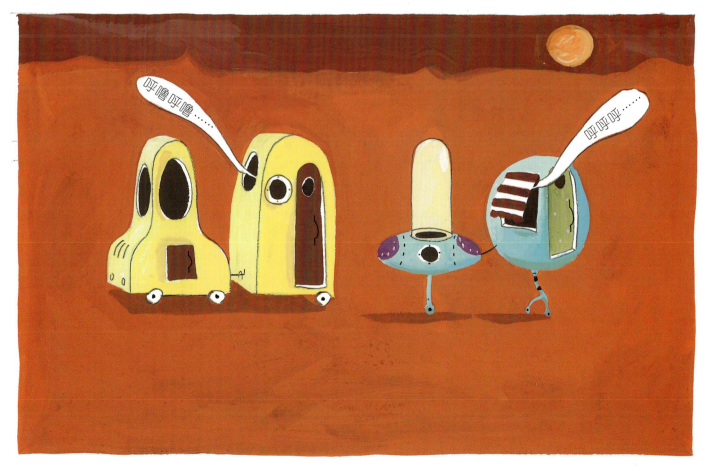

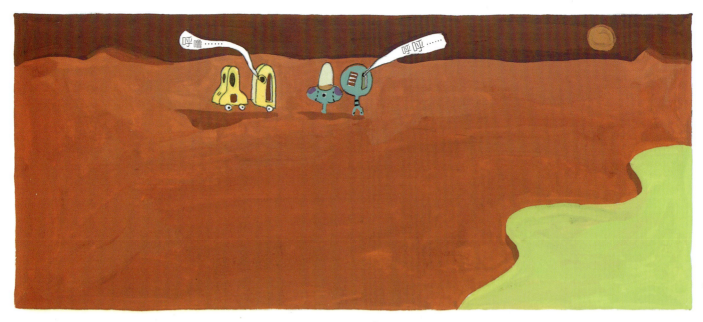

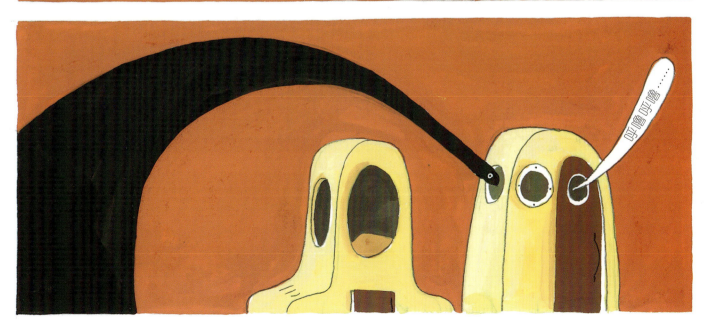

沙沙……

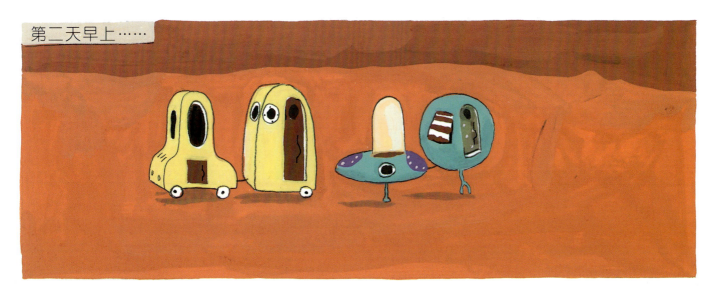

你睡得还好吗？我睡得可沉了。

我们肯定能找着路的。不管怎么说，很高兴认识你，女士。

这位女士很友善，你觉得呢，乔治？

糟了，我忘了要她的电话号码。

你呢，乔治，喜欢你的礼物吗？

乔治！

看我在运动品商店找到了什么：一个很棒的望远镜！

跟着心去驰骋
——读《金星度假》

这是一个游戏，一个孩子的游戏，一个自然而然又脑洞大开的游戏。你会因为迷路而误入金星吗？孩子会，在孩子的世界里一切皆有可能！这个游戏让孩子体验生活、想象生活，在假扮中实现梦想、释放心灵。

成年人为什么总是渴望度假，而且最好是说走就走地去远方，任由心的召唤，让身体和心灵都能驰骋？虽然长大后总免不了被种种俗事羁绊，总免不了为生计而委屈自己，甚至迷失自我，但当我们去度假的时候，当我们从日复一日枯燥的或者刻板的生活中抽身出来的时候，我们可不就像孩子一样吗？我们单纯地享受与自己心灵相处的时光，我们真诚地接触更多不一样的人，我们毫不掩饰好奇心去见识更多不一样的事。于是，我们发现，我们在体验不一样的生活时，心灵仿佛舒展开来，梦想仿佛离得很近很近。

爸爸妈妈们，在那些度假的日子里，放松身心，放下架子，跟着孩子去漫步，跟着心去驰骋吧。

袁晓峰

知名儿童阅读推广人
2012年"全国十大读书人物"
2006年度"推动读书十大人物"